꽃말에는 저마다
사연이 있다

박홍구 시집

겨울백설이 잠자다가
봄소식에 깨어

곱게 옷 차린 백매화 꽃
미소 담아 임을 반기면

매화 향기 찾은 벌과 나비
때 이른 꿀샘 만찬의 꿈

줄기타고 고운색상
가지마다 총총히 내민

꽃을 품은 산기슭은
빼곡하게 화원을 꾸민다

고결한 미소 지어
유혹의 자태로
아직 홍백매화 몸짓하는데

....

「매화마을」중에서

시집을 내면서

  놓치고 싶지 않았던 오늘이 차창 밖의 지나치는 풍경과 비슷하다는 느낌이 들었다. 오랫동안 지속될 줄 알았던 인연은 잠시였고 그것으로 머물고 싶었던 풍경은 다시 오지 않았다.

  오래전 설 이튿날 지리산에 인접한 한 작은 마을에 살고 있는 집안 친척분의 집을 찾은 적이 있었다. 차려진 설음식을 먹던 중 밖에 함박눈까지 내려, 그날 산골의 낭만과 아름다운 정경에 사로잡혀 갖고 있던 카메라로 어린 아들과 촬영한 사진을 몇 장 남겨 놓았었는데, 그 후 소식이 뜸하다가 몇 해 지나 다시 찾아갔을 때는 집이 오랫동안 비워져 있었는지 마당엔 잡풀만 무성했고 그날의 흔적은 어디에도 찾을 수 없었다.

  처음 지리산 정령치로 향하는 길목은 선경의 땅으로 접어드는 착각을 불러일으키기에 부족함이 없는 듯했다. 하늘을 찌를 듯이 높이 솟은 산마루와 능선위로 솜털처럼 피어오른 뭉게구름의 평온함. 나그네를 반기기라도 하는 듯한 숲의 흔들림과 코를 자극해 오는 산속 내음. 굽은 길 돌아갈 때마다 어렵지 않게 볼 수 있는 다람쥐의 숨바꼭질. 그와 같은 풍경들이 웅장한 지리산의 자태일 것이었으나 사실은 침묵의 산이기도 하였다.

  어느 해였는지 정령치에 도착하여 몇 해 전 찾았던 공간에 서 보았다. 산과 숲은 그대로 자리를 지키건만 나는 그동안 어디를 어떻게 돌아와 같은 자리에 서 있는 건지 뚜렷하지는 않았으나, 돌아본 세월만치 어느 날 내가 새긴 사연도 한바탕 꿈을 꾼 허공의 구름처럼 사라져야 하는 것이라면 지위와 물질만능이 헛된 것이고 허무인 것 같은 생각이 강하게 몰아쳤다.

계절은 여름철이었지만 깊은 산속 마을의 기운은 가을을 재촉하는 것 같아 지난 그리움의 향수가 배어 나오는 듯했다.

내 어린 시절, 추석을 앞둔 달 밝은 밤이면 어느 하늘 아래 존재하고 있을지 모르는 상상의 마을 정경을 떠올려 보던 애절한 생각 때문일 거라는 상념을 떨칠 수 없었다.

속세의 인연은 어제와 마찬가지로 오늘도 같은 꿈을 꾸게 한다. 찾을 수 없고 만져지지도 않는 삶의 끝을 향해 길을 따라가 본다지만 그 길은 방황의 기로에 서 있는 나를 반기지도, 싫어하지도 않고 언제까지 유혹해 올 것만 같았다.

얼마 지나면 들과 산은 꽃으로 치장해 갈 것이다. 꽃 피는 봄부터 낙엽 지고 동면하는 계절까지 사랑하면서 세상인심에 휩쓸리지 않고 내 생애 이대로 자연과 함께하고 싶은 마음 간절하다.

2020년 3월
박 홍 구

목차

0) 시집을 내면서   6

1) 어린 풍경   13
2) 논   14
3) 가을 들녘   15
4) 가을 어촌   16
5) 만남   17
6) 비   18
7) 단비   19
8) 풍경이 있던 자리   20

9) 봄의 길목   23
10) 길손   24
11) 매화마을   25
12) 강변   26
13) 화개   27

14) 산야   29
15) 정령치   30
16) 중산리   31
17) 지리산   32
18) 칠선계곡   33
19) 청학동   34
20) 단풍   35
21) 남산 제일봉   36
22) 산중 인연   37
23) 겨울 계곡   38

24) 겨울 호반   39

25) 중국 황산   40

26) 만리풍정   41

27) 다낭의 애수   42

28) 일몰   43

29) 달   44

30) 수석   45

31) 아가에게   46

32) 썰물   51

33) 해변   52

34) 연정   53

35) 포구   54

36) 표류하는 섬   55

37) 섬   56

38) 마라도   57

39) 옛길   59

40) 끝없는 길   60

41) 꿈속 길   61

42) 고속도로   62

43) 석별   63

44) 친구   64

45) 자화상   65

46) 숙명   66

47) 민속촌   67

48) 하회마을   68

49) 그리움은 여전한데   69

50) 모란　　　　　　　　　　　71

51) 그대에게　　　　　　　　　72

52) 벚꽃　　　　　　　　　　　74

53) 이른 이별　　　　　　　　75

54) 비가　　　　　　　　　　　76

55) 백 년 향기　　　　　　　　77

56) 낙엽은 흩어지고　　　　　78

57) 김장 김치　　　　　　　　81

58) 쌀밥　　　　　　　　　　　82

59) 솔방울　　　　　　　　　　83

60) 방패연　　　　　　　　　　84

61) 못다 핀 목련　　　　　　　87

62) 초롱 이슬　　　　　　　　88

63) 애도　　　　　　　　　　　90

64) 나만의 비밀이랍니다　　　92

65) 가을의 빈자리에서　　　　94

66) 어머님 영전에서　　　　　98

67) 어머니　　　　　　　　　102

68) 어머님 간장　　　　　　　104

69) 어머님 기일 날에　　　　106

70) 어머님 영전에 바치는 글　108

어린 풍경

앞집 떨 감나무
밤사이 꽃 떨어져
잠 설친 이른 아침

담장 넘어 텃밭
상추 고추 민들레
새벽이슬 담아
푸른빛 반짝였다

흙 고랑 총총히 내민
진노랑 호박꽃이
벌 나비 유혹하면
꽃잎 동여매
꽃 열정 애태우고

땅강아지 잡느라 고랑 파헤치면
놀란 물자리 어린 붕어
물속 구름 밖으로 사라졌다

가마 못 연꽃 걷어내 낚시하던
하늘가에 흰 구름 흘러
그날 둑 느티나무 매미는
낮 한동안 슬피 울었다.

논

논길 작은 연못에 연꽃 필 때쯤
궂은 날씨 탓도 아닌 빗방울 떨어지면
물방개 노닐던 연꽃 사이
소년의 마음 담은
동그라미 파문이 퍼져 나갔다

모내기 끝낸 논에
진주 호박색 단장한 수병이
짝지어 날다 지쳐 않으면
화려한 날갯짓에 반한
동네 꼬마 망채 움켜쥐어
논바닥 헤집어 놓고

벼 이삭 익어 갈 즈음
논 웅덩이 여울물 퍼내
손안 꿈틀거리던 미꾸라지
파동은 힘이 있었다

논길 키만치 자란 벼 사이 몸 숨겨
적막감에 숨 몰아쉬던
고추잠자리 노니는
한낮 고향 하늘은 청명하였다.

가을 들녘

호숫가 언덕 너머
산들바람 다가와 얼굴 여 밀면
벼 이삭 고개 숙인 황금 들녘 위로

고추잠자리 맴도는
코스모스 언저리 깊숙이
가을이 자리 잡는다

먼 숲에 가려진
돌담 집 살고 있는 이 뉘인지

잊혀간 먼 기억 너머
한가위 추석을 기다리다
상냥한 누나가 있었으면 하고

맑은 하늘과 갈대숲
코스모스 향기 어우린
쇼팽의 음악이 반주하는
지난 구월의 그리움

잔잔한 호수 물결이
보석처럼 빛나고
나른한 적막감이 감싼다

오솔길 외딴곳에 이름 모를 야생화
피는 것으로 잊히는 모진 외로움처럼
무심한 바람 한 점 음률이 된다.

가을 어촌

시린 공기
코끝 스치면
코스모스 고운 향기
바닷가에 스민다

갈매기 소리
파도에 쓸리고
풍어의 노래
저물어 가는데

뒤 한켠
내 마음 안 풍금소리
멈출 수가 없네.

만남

만남을 예약한 자리에
실루엣의 잔흔이 다가와
일몰의 풍경이 정겹다

무심코 지나쳤던
소원(疏遠)하던 봄의 뜰에
온갖 풍정이 담겨
다른 세상이 열리고
그리움의 정체가 쌓여 있었다

숲을 품은 고요함이
보이지 않는 작은 여백으로
축배를 든다

어느 날 엷게 밟았던 자리
체취 남김없이 떠나갔다고
그리움 충만하던 자리에
바람마저 무심할 것인가

어둠에 숨어버린 섬이
밤바람에 흔들리는 이름 없는
들꽃이 말벗 되지 않아도

꽃과 풀숲의 축배 이야기가
예견하지 않은 자리
숲이 숨어버린 기슭에 머물다가
고요함이 태동하여
새벽의 비상을 지켜본다.

비

비 오는 날 오후
숲속 여린 야생화
초롱 방울 머금고

창밖 촉촉이
대지 적시는 비는
하늘 문 닫아

숨고 싶은 소년을
어머니의 품 안처럼
포근히 감싸 안았다

호수가 바라보이는 언덕 숲길
쉼 없이 내리는 낮 비에

풀 속 숨은 어린 야생화
새 꽃단장 설렘으로
비 맞고 있다.

단비

오후의 단비가
바위틈을 흐르는
물줄기에 힘을 싣습니다

아무도 없는 자리에
수없이 내리고 그쳤듯이
누군가 머물다 떠난 자리에
다시 비 내리겠지요

바위를 적시는 비의 소리가
사연을 전해옵니다

세월이 지나
누군가 계곡을 찾을 때
오늘처럼 비가 내릴지 모릅니다

비 내리는 날을
싫어하지 않는 이라면 좋겠습니다

계곡에 어둠이 찾아들고
온갖 풍상 간직한 바위가
모습을 감추려고 합니다

오래일 수 없는 풍경이 빗소리에 섞여
그 자리에 머물렀던 흔적도
물살에 지워집니다.

풍경이 있던 자리

담 넘어 텃밭
새벽이슬 담아
푸른 향연 펼치고

호박꽃 꿀샘 벌 유혹하던
무료한 오후 나절
집 앞 버드나무 매미는
쉼 없이 울어

한여름 온 동안
까닭 알 수 없는 소년은
갈증 느껴
팥빙수 대신한
우물 두레박 찬물로
촉촉이 목 적셨다

한낮 햇살 피해
집 앞 떨 감나무
떨어지는 감꽃으로
실 팔찌 꿰고 나면

그 긴 시간 헤매다
하늘 고추잠자리
파란 창공 담은 논길 하천
붕어 유영하는 물자리 바라보는
소년의 가슴은 쿵닥거렸다.

손꼽아 기다리던 설 하루 섣달그믐
떡 방앗간 쌀 대야는 줄을 잇고
골목 어귀 파전 냄새는
장독 살얼음을 녹였다

설날 이른 아침 차례 지내
산소 올라 바라본
시린 햇살 바람 타고 전해오던
산 너머에 뉘 살고 있었을까

농악대 총 멘 포수 집집 마당 돌 때면
구멍가게 풍선 뽑아
곱게 옷 차린 동네 누나 앞에서
욕심내불던 아이 울상 되고

널뛰기 제기차기 윷놀이 막바지
뉘엿뉘엿 해 기울면
풍성하던 설날 정경에
소년은 못내 아쉬웠다

담 넘어 텃밭 떨 감나무
우물가 간 곳 없이
그날 그 사람들 어디 가고
그 풍경 다 무엇 되었는고.

봄의 길목

경칩 찾아든 산골
산천이 기지개 켜면

봄맞이 들뜬 들녘에
태동하는 새싹들의 긴 기다림

이른 봄기운 스민 강 언덕에
매화나무 꽃망울 머금고 주저함은

이제 곧
찾아오실 임 때문인가

오랜 기다림의
예전 새긴 봄날 정분 못 잊어서인가.

길손

계곡 돌 틈 냇물이 소리 내어
목마른 이 반기듯 하고

긴 강줄기 오랜 이야기 담겼으나
길손 상념 모른 채 도도히 흐른다

어디쯤 가다 쉬어 가련만
그다지 급히 가려 하는가

강변 화초 덩달아 꽃망울 맺어도
주막에는 빈객 보이지 않고

자연을 벗 삼아 술잔 들이키니
봄기운이 너울너울 춤을 춘다

훨훨 털면 가벼우련만
쉬이 못 놓는 속세 인연
기적소리 남긴 열차 떠나고 있다.

매화마을

겨울 백설이 잠자다가
봄소식에 깨어

곱게 옷 차린 백 매화꽃
미소 담아 임을 반기면

매화 향기 찾은 벌과 나비
때 이른 꿀샘 만찬의 꿈

줄기 타고 고운 색상
가지마다 총총히 내민

꽃을 품은 산기슭은
빼곡하게 화원을 꾸민다

고결한 미소 지어
유혹의 자태로
아직 홍백매화 몸짓하는데

봄은 서둘러
강 건너 자리 옮기려 한다.

강변

화려하게 치장한
봄의 정령이 틈새 비집는

벚꽃 만개한 강변 뜰 앞
사철나무 꽃이 부러운 듯
강바람 타고 잎 흔들어 봐도

간절한 소망 무심히
꽃그늘에 가린다

서산이 해를 삼킨 강변에
벚꽃이 어둠을 밝혀

꽃과 물결에 어우러
객은 갈길 몰라 하고
세월 읊어 보려 하네.

화개

쌍계사 계곡물이
내천 돌 사이를 돌고 돌아
강으로 쉼 없이 흐른다

강물이 되오를 리 없건만
고향 내천 버려두고
쉬이 가려 하는가

옥화 보이지 않는 화개장터에
돌비석 하나 자리 지켜

임이 남긴 봄의 향기
꽃잎 따라 흩어지네.

산야

새벽 태동하는 소리 듣지 못하였더니
기침하여 분홍 하얀 진달래꽃까지
천상의 풍경 연출하는 산야

밤이슬 맺힌 언저리 계곡에
산천어가 몸을 비틀면
초롱 꽃망울도 홍조를 띤다

어긋남 없는 조화로움이
골짜기 바위틈마다
빼곡히 자리 잡아

천년의 향취 뿜는 절경
그리도 고운 색깔 지녔으면서
침묵을 고집하는 산야여

동화 속의 어떤 화폭으로도
비견할 수 없는 선경
베일 훌훌 벗어 던져

햇살 무늬 영롱한 빛 발하는
봄으로 치장하는 산
무릉도원 천상의 산야여.

정령치

바람이 잠적한 산길이
쉬이 끝을 내보이지 않는
길가 숲이 고요하다

정적에 취하고
내음에 취하고
유혹에 취한다

숨이 멎을 것 같은 정적이
싫지 않다

바람이 잠적한
숲은 깨어나기 뜸 들이고

굽이돌아 돌아
능선이 그곳에 서 있다
도원경의 세계 같은 곳이.

중산리

세상 밖 보이지 않는
깊은 계곡 숨은 쉼터
숲속이 깨어난다

숲은 봄이 되면 새싹 틔우고
때가 되면 열매 맺고
철 따라 변할 것이다

작은 냇가 돌과 돌 사이
다슬기 옹기종기 태평가 읊는데
높은 산 중턱 나뭇가지는
바람에 부대껴 휘청인다

고개 들어 산 위 바라보니
구름이 빠르게 흘러간다

어디쯤인지 시간이 멎고
서 있는 곳조차 흐리다

붓고 마셔 술기운 엄습하여
나도 산천도 취하였다.

지리산

지리산 능선에 먹구름 끼더니
하늘을 찌를 듯한
기상은 힘을 잃고

반만년 사직은 폭풍 일어
동족상잔의 비극은
이름 모를 산하에 피를 흘렸다

사월의 철쭉이
치유의 화신으로 붉게
자국으로 남았는데

동서로 가는 길
산허리 잘라 놓았으니
억만년 영산을 어찌할꼬

산 능선 걸친 뜬구름이
굽은 등살 산세 따라
그림자 깊게 주름 남기느니.

칠선계곡

산이 이다지 푸르른 건
누구의 작품입니까
보일 듯 말 듯 손짓하는
천년비경이 소리 냅니다

숨조차 가듬는 정적은
누구의 체취입니까
있는 듯 없는 듯 고요함이
태고의 숨소리를 전해옵니다

선녀가 목욕하던 비취 용소에
비의 향연이 적셔
계곡 내리
온 산이 푸른 자태로 기지개를 켭니다
진액을 뿜어내듯이

계곡 옥수에 비친 세상은
무릉도원이었나요
그토록 애타던 그리움의 미로는
고요가 손짓하는 그곳이었나요

태고의 신비가 숨 쉬는
그곳에 우리가 있었습니다.

청학동

청학동 오르니
어둑한 하늘에 떠돌이 별 하나

불 밝힌 산골 집
구수한 파전 냄새
지난 향수 여 밀고

집 밖 긴 머리 처녀
가버린 청춘 아쉬워라

한적한 길 따라 마을 끝머리
유건 쓴 도인 둘러앉은
정겨운 풍정 담아

귀뚜라미 우는 소리
깊어 가는 가을밤

휘영청 밝은 달빛
추석 전야 깊은 산속
만 가지 생각
떨칠 수 없어라.

단풍

올여름 지새움이
저물어가는 산기슭에서
치장하고 싶었나

무슨 할 말 많아
피를 토하듯
그다지 붉게 뿜어내는 것이더냐

시월의 열정은 임을 기다리다
붉게 타들었는데
붉은 초심 몰라 하는 계절은
서둘러 찬 서리 내리려 한다

단풍잎 물들어도
산 너머 메아리는 돌아오지 않고
맺힌 절규는 가을 끝자락에서
마지막 정열을 토해낸다

뜨거운 열정이 식고 나면
색 바랜 가지 잎새 하나
남는 것을 알고 있었나 보네.

남산 제일봉

가는 세월이 무상한 것은
흘러가는 구름 탓만이 아니다
계절은 옷깃 세워 화폭 거들어

창공 높이 오르다 멈춰선
태산 큰 바위는
석공의 풍상이 되었다

무수한 인걸 호걸 간곳없이
비바람 꿋꿋이 견뎌온

수만 년 자태 지닌
산마루 걸친 구름 따라

오고 간 시인 묵객 상관치 않고
산은 묵묵히 그 자리에 서 있다.

산중 인연

산중에서 만난 이들
먼 시간 돌아와도
뒤 돌아보지 않는다

어디 사는 뉘일까
잘 가라 인사한다

먼 날 인연 되어 스쳐도
알아볼 수 있을까

산중에서 만난 이들
억겁의 시차 몰라 하고
시야에서 멀어져 가고 있다.

겨울 계곡

성삼재 깊은 심원계곡 동면 잠기고
빛바랜 잎 흩어간 빈자리 흰 눈 쌓여
천 년의 비바람 큰 바위 말없이 서 있다

깊은 골짜기 옥수로 빚은 술맛
어주(御酒) 부럽지 않고
나그네 산속 벗하고자 하네

아프도록 시린 정적
슬퍼할 수 없는 것은
무심한 겨울 계곡 침묵 있음에

산골 집 처마 굴뚝 연기 처연한데
석양은 뉘엿뉘엿
어둑한 그림자 창문 여 밀어
오라는 이 없는데
세속 유혹은 어찌 이리 가자 보채는고.

겨울 호반

인적 없는 겨울 호반
찬 바람 불어와 나뭇잎 떨어지고
섬 윤곽 드러낸 호수는 말이 없다

지난 기억 더듬어 길 따라가지만
풀잎마저 잠들어 반겨주는 이 없구나

호반 한쪽 기슭 촌가 굴뚝에
회색 연기 피어오르는데

강태공 보이지 않고
주막은 찾는 이 없노라

꽃피는 봄이 오면 임이 오려는가

한적한 길은 떠난 이 잔흔 같고
가슴 심중 듣는 이 없는 공간에서
겨울 호수는 묵묵히 나그네 맞이한다.

중국 황산

산은 하늘을 찌를 듯 높이 솟았고
푸른 소나무는 암벽마다 걸쳐있다

병풍처럼 두른 산은 누가 빚었으며
봉우리 기이한 바위는 누가 얹어 놓았는가
천만년 기암괴석이 자태를 드러내고
운해는 산허리 방황한다

보아도 들어오지 않고
마음 있어도 품을 수 없으니
잴 수 없는 웅장함이여
세상 풍파 크다 한들
태산 앞에 초라해질지니

세상은 언젠가 소멸하나
인생은 백 년도 못 가는데
자연의 조화가 황산을 빚고
자연의 모태가 생명을 잉태함은
너무 공평하지 못하구나

태산의 장엄함에 움츠리고
시상 다하지 못함을 한탄하노라.

만리풍정

달빛은 고고한데
낭만은 색 바래고
곤명호수 달 구름 담았으나
바람은 무심하다

구향동굴 산실이 오가는 이
삼켰다가 토해내고
석림은 군사의 위상인 듯
위용을 펼쳤으나 말이 없다.

호수 물결이 반기듯 출렁임은
바람에 의해서고
동굴 불빛은 초점을 잃었느니

바위 숲의 위용은 어디 가고
주름만 가득하느냐
이국땅 계절의 스산함에
시름은 쌓여

고고한 달빛이
심산한 나그네 길 함께하네.

다낭의 애수

무수한 원혼이 잠든 야자수 숲에
이데올로기 시대가 마감하고
저마다의 해석으로 잊혀간다

그랬던 것처럼

온 곳도 가는 곳도 모르는 이들이
광장을 채워 제각기 움직이고 입담 나누고
제 몫만큼 체취 남겼다가 떠나갈 것이다

아픈 건 저마다의 사연을 안은 이들이
잠시 머물다가 잊혀 간다는 무심이다
다 사랑할 수 없어도 기억 속에 남겨야 할
마지막 정열의 애수여

더 슬픈 건 한 귀퉁이도 자리하지 못하고
사라져 간 뭇 사연들이다.
우리들 못다하고 잊혀 간 애절한 이야기다.

일몰

열기 삭인 붉은 태양
서산마루 구름 사이 모습 감춘다

신비한 빛 남겨
급히 몸 숨기려 함은

온 낮 세속 감춰진
허상 뒤보지 않고
아침 바다 밝히려 함이뇨

몸 태워 지는 해
보는 이 이토록 애닯게 하는가.

달

이태백 즐긴 달이
저다지 고고하였을까

옥구슬이 신비로우나
견주지 못하리

마을 어귀 밝힌 달빛이
길 친구 되어

객은 세월 훔쳐
달을 보고 술에 취한다.

수석

울퉁불퉁 제멋대로 생긴 돌
비바람 모진 풍파 꿋꿋이

수만 년 갈고 닦여 모양 돌로
신비의 색상 띠고 수반 위에 놓여있다

작은 돌이지만
흰 빛살 한 점 담기 위해
긴 풍상 견딘 줄 뉘 알리

우쭐하지도 비굴하지도 않고
자연 닮고 세상 품어
수반 위에 우뚝 서 있다.

아가에게

아가!
오늘은 하늘이 유난히 파랗고
햇살은 맑게 온 누리를 비추고 있구나
아가를 잉태하던 날도 그런 날이었지
코발트 빛 파란 창공 아래
가을바람은 과실이 익는 풍요로운 계절을
노래하고 있었단다

아가!
너의 고향은 동양의 나폴리라는 곳이란다
용화산의 기상이 우뚝 솟고
찬 바람에도 꿋꿋이 꽃 피우는 동백꽃이
곱게 치장한 자태로 사람들을 반기는
오늘처럼 햇빛 맑은 날이면
에메랄드 고운 색 물결 반짝이는 바다란다

대해로 향하는 바다는 도량이 커서
때로는 품고 때로는 꾸짖고
보석처럼 고운 풍경을 아낌없이 내어 주는 곳이기도 하지

아가!
너를 보면 생명의 존엄이 신기하단다
바른 이마 반짝이는 눈빛에서 다문 입술에서
너의 정기가 느껴지고
네가 성장하는 날 웅지를 품고 넓은 바다의 도량처럼
세상에 우뚝 설 거라는 걸 의심하고 싶지 않단다

우주 탄생의 비밀은 크고 멀지만
네가 소우주라서 우주와 다름없는 그런 존재이고
생명의 존엄은 지혜와 무지로 나누어져
사고의 원천이 하늘처럼 넓고 바다처럼 도량이 크면
이룰 수 없는 게 없단다
우주를 품으면 세상이 좁지만
마음이 좁으면 작은 틀마저도 두렵게 느껴지지
어쩌면 사랑도 아픈 곳에서 새겨보고
가슴으로 느끼는 것이어야 하지 않겠니

아가!
너를 잉태하던 날에 영롱한 빛보다도
엄마 아빠의 충천한 기가 더 못하였겠느냐
아가의 엄마 아빠 희망과 사랑처럼
사랑을 나누는 데 주저하지 말고
사랑을 위하여 노래하고
사랑과 낭만을 담기 위해 명상하고 독서하고
전진하는 데 게을리하지 말거라

눈은 밝은 안목이 되고 가슴으로는 웅지를 품어라
바르고 우렁찬 목소리는 산야에 울리고
얼굴은 큰 바위를 닮아라
세상은 내가 아는 대로 다가오고
세상은 내가 품는 만큼 가질 수 있다
나보다 불우한 이웃을 위해 헌신하고
그들을 보듬고 사랑하거라
사랑과 낭만을 지닌 감성으로
창공을 보고 초원을 보거라

아가!
네가 태어나던 날에
창공은 오색 무지개가 수 놓였고
바다는 영롱한 에메랄드빛이었다지
대해의 뜻을 품고 마음껏 포부를 펼쳐야지
미래는 아가의 웅지를 기다리고 있는 그런 곳이란다.

썰물

열기 뜨겁게 달구던
인적 끊긴 해변에
밀려갔던 썰물이 밀려온다

모래 위에 새겨보던
지난 여름날의 흔적은
풍랑에 씻겨 산산이 흩어졌는데

임 향기 사라진
회몽(回夢) 연출하던 바다

철 따라 왔다 간
인적 없는 해변에
밀려갔던 썰물이 밀려온다.

해변

명암 희미한 가로등 아래
벗과 나누는 술잔 밤 깊어 가고
달은 말 없이 시름 지켜보네

하늘 별 담아
잔잔한 수면 띄워 은하수 되고

무리별들
우리 머무는 공간은 어디쯤 될까

바다가 유혹하던
남쪽 갯마을

밤안개 휘감은
인적 끊긴 해변에
친구 보이지 않네.

연정

검은 눈은
호수를 연상케 하고

청초한 모습은
초록빛 그리움 있게 한다

세파에 물들지 않은
자태 보이던 너

연락선 몸 실어 너 떠난
남쪽 섬 포구에

예전의 봄날처럼
갈매기 무심히 날으리.

포구

수면 위로 은가루 뿌린 듯
달빛 너울 반짝이는 남해도 포구
초점 잃은 방파제 가로등 아래
태공들 한가로이 앉아 있다

먼 섬 불빛 하나둘 별 사이로 숨고
고기잡이배 지쳐 잠든 포구에
간간이 부서지는 너울 파도 소리

하늘 별 무리 중 하나 유성 되어
수평선 저쪽 공간 빠르게 날아가는데
세월 낚지 못하는 태공은
우두커니 밤을 밝히려 한다.

표류하는 섬

해안에 어둠이 찾아들고
넘실대는 물결 위로 표류하는 섬

몰려온 비바람에
항구의 가로등이 떨고 있다

바다 건너 반짝이는 불빛은
시선 머무는 회정(懷情)되어

바라보는 것만으로
비감 담기에 충분하다

시름 잠겨 고개 떨군 갈대
세차게 내리는 비는

포말 남겨 부서지는데
못다 한 이야기는 어찌하나

윤곽마저 숨어버린 섬이 표류한다.

섬

등불 하나둘 밝히는 먼 섬
귀성객 실은 똑딱선
멀어져 가고 있다

찬바람은 물결을 보채고
어둠이 섬을 품는다

초점 흐린 불빛은
돌아갈 수 없는 망향의
세월이 표류하는
노스탤지어 가곡

별과 불빛 하나 된
섬이 자취를 감추고 난
검은 바다가 누리를 잠식한다.

마라도

마도로스 구수한 입담 남긴
설렘으로 다가온
남쪽 끝 외딴섬 마라도

햇살은 바다 은빛 되고
해풍은 흩날려
무지개 신기루로 변한다

멀리 육지가 그리워
바람과 파도가 친구 되었을 마라도
깊이 팬 풍상 흔적 위로
밀려온 물결이 부서진다

떠남이 아쉬워
기약 없는 이별을 고해도
마라도는 대답이 없다.

옛길

산기슭 지나 산길 과수원
옛길 따라가는 길

숲의 바람 소리 변함없는데
옛사람 보이지 않네

벼 이삭 익어가는 가을들녘에
땅거미 스며들고

한가위 보름달 밝히려는
상현 달빛 길 따라

달그림자 친구 되어
귀향객 가던 길

가도 가도
옛 정경 찾을 수 없네.

끝없는 길

갔던 길을 가고 또 가보았으나
종착점은 보이지 않는다

찾고자 하는 길 저쪽은
가도 가도 윤곽조차 희미하고
드러나지 않는 길을

운명의 사슬처럼 미로 따라
끝없이 항해해 가야 하는 것일까

지나온 자리에 남겨진 것 없는
지나갈 자리에 남겨질 것 없는

실체 저쪽을 보기 위해
어제 갔던 길 오늘도 걷는 것인가.

꿈속 길

그 길은 언제인가 본 듯한 길
꿈속에서 보았던 길일 수도
전생에서 가봤던 길일 수도 있다

언제인가 본 듯한 그 길은
산 넘고 또 산 너머
어느 꽃동네 이야기
훈풍 실어 전해 온 때문일까

계절이 바뀌는 길목은
갖가지 색다른 풍경을 수놓아
화폭을 연상케 하고

산 너머 세상은 늘
미지의 소식 담아
온 가슴을 저리게 하였다

그 길은 언제인가 본 듯한 길
이제나저제나 다시 가보고 싶은
되돌아 갈 수 없는 길

잊혀간 이야기처럼
밤하늘 반딧불 되어
멀어져 가고 있다.

고속도로

긴 철길 따라가다
고향 땅 멀어 슬픔 새긴

정든 이 실은 열차 뒤안길에서
허전해하던 플랫폼

지평선 먼 고속도로
저 길 가노라면
그리던 정경 볼 수 있을까

이별의 슬픔 나누는 터미널
누구인가 손 흔들며
떠나가고 있다

어둠 내린 고속도로
차창 밖 풍경처럼
내 연심도 잊혀 가는가.

석별

그대와 새긴 정 담은
석별의 손 잡으려니 가슴 메입니다

지난 시간 멈춰 있는 줄 알고
이다지 애태움 몰랐더니
이제 떠나면 언제 다시 볼 수 있을지

수정처럼 맑은 그대 보내며
석별을 슬퍼함인지 밤비 내려

앞뜰 동백꽃 고개 떨구고
뱃고동 소리 메아리 됩니다

이맘때 정담 나누던 남녘 바다
혹여 생각나거든

동백꽃 향기 듬뿍 담아
내년 봄바람에 실어 보내 드리렵니다.

친구

흰머리 듬성토록
세상 희비 풍파
사연 새겼을 친구

지난 시절 멋스런
모습은 세월이 쓸고

쌓였을 사연담은
얼굴 마주해도
속말 다 할 길 없네

소식 없는 친구는
여전히 간 길 몰라

그 먼 길 돌아 만났으나
긴 여로 애환 섞인 술이
작은 잔에 담겼네.

자화상

꿈은 빛바래 주름 늘고
몸 가누어 보지만 이룬 것 없이
마음 따로 설 자리마저 변변찮다

세상살이 한바탕 돌다 돌아와도
갖고 줄 것 없는 속세 인연은
끊임없이 따라오라 한다

똑같은 모습 이제나저제나 다를까
속일 것도 속을 것도 없는
세상은 언제나 그 자리에 있다

변할래야 변할 수 없고
바뀔래야 바뀌지 못하는
내 자화상인가.

숙명

어느 이는 행복하고
어느 이는 고뇌하고
어느 이는 외로워하고

숙명의 자로 재어
제 몫으로 살아간다

친구 함께 골목 누비던 빛바랜 흔적
군 동료와 피엑스 텁텁한 막걸리로
시간 줄여

이별 앞에서 눈물 보이던
돌이킬 수 없는 긴 강 저쪽

진실이 허상이고 가면이 진실처럼
간직한 것들 사라지고

세상살이 한바탕 꿈 담았다가
그 먼 길 돌아
홀로 자연으로 오라 하네.

민속촌

민속촌 장터 주막
옹기 주병 비우고

시간 멈춰선 고적 길을
한가롭게 거닌다

기녀가 춤을 추는 정자 누각
교각 아래 천년 세월 잠겼는데

홀연히 깨어 둘러보니
옛사람 오간 데 없네

능수버들 늘어진 냇가에
빗방울 떨어져 점점이 파문 일어

물에 잠긴 민속촌이
빗줄기에 사라졌네.

하회마을

정적이 드리운 숲속 길
강수면 뜬구름이 길동무 되어

담쟁이 넝쿨 훌쩍 담 넘은
푸른 텃밭 흰 노랑나비 꽃 찾는
한낮 풍정을 화폭에 담는다

주름진 고목나무
숨 쉬는 고즈넉한 고택 마을

지난여름 버드나무 위로
올려보던 코발트 창공
망각의 가지 끝에
그리움의 파노라마 펼쳐져

오솔길 하천이 흐르는 연못가
풀대 잠자리 풍뎅이 유영하는
먼 고향 그림자 환영

잃어버린 흔적의 하늘 끝
무상의 미로에서
숨어 온 고택 마을이

길 몰라 애가 타던
어머니의 숨소리 들리는 듯한

안개 같은 망향의 숨결로
만지면 다가오듯 하는
고향 그림자로 숨어 있었나.

그리움은 여전한데

눈 내리던 설 이튿날이었던가요
그대 집 다녀갔던 길 엊그제 같은데
오늘 그대 보이지 않고
집 뜰에는 잡풀만 무성합니다

그대 가끔 생각하면서도
살길 바쁘다는 핑계로 찾지 않았더니
더 기다려 주지 못하고
먼 길 떠나간 것인가요

찾아간 것만으로
나라님 온 것보다 반갑다던
그대 내심 외로웠던가 봅니다

나뭇짐 팔아 산속 집 가야 한다던
옛이야기 들을 수 없는데
그대 살던 터 다시 찾을 수 있을까요

그때 그 사람들 보이지 않는 집에
돌담이 쓸쓸히 자리 지켜
담 넘어 변한 건 몇 해 지난 풍경이건만
집 뜰에는 잡풀만 무성합니다.

모란

소녀의 수줍음으로
고개 내밀고
함초롬히 피어오른 자태여

봄의 귀족으로 피었으나
벌 나비 앉지 않고 날아간다

아름다움이 지나쳐
향기 옅어졌는가

눈길 돌리지 않는
모란은 당당히
품위 지녀 피어있구나.

그대에게

그대
슬퍼하지 말아요
우리 함께 하지 않아도
그대 알기에 따라 슬퍼진답니다

그대
초조해하지 말아요
우리 인연 이대로 두어도
향기 고우니까요

그런데
우리 인연 소원해지면
그땐 어떻게 하지요

그냥 두어요
오고 가는 계절이 그랬듯이
바람 불면 사연까지 묻어오는 거랍니다

그대
그래도 슬퍼지면
빈 가슴 무엇으로 메우나요

어느 공간 어디쯤 계실
그대 생각으로
착잡한 심경에 젖기도 하고

달빛 물결 저편
등불 밝힌 작은 마을에 숨은
오랜 이야기 새길 때면
눈물 감추고 싶지 않답니다

그대
그래도 그래도 서글퍼지면
그땐 정말 어떻게 하지요

그냥 두어요
사랑은 아픈 만큼
향기 짙은 거랍니다.

벚꽃

매화꽃 지더니
이내 꽃망울 터뜨린 벚꽃

시리듯 하얀 꽃잎
오랠 수 없어 저리도 화사한가

무슨 사연 있기에
꽃비 되어 하염없이 떨어지네

순결의 표출인가
설움 간직하여서인가

봄바람은 벚꽃의 심중 모른 채
제 갈 길 가고 말아
떨어지는 꽃잎이 들녘으로 흩어지네

꽃잎 떨어진다고 슬퍼 말아라

화사함 뒤에 오는 아픔 뉘 모르게
임을 떠나보내는
정표인 줄 모르는 것을.

이른 이별

내게 환한 웃음 짓고 다가온 임이
옅은 미소 남기고 쉬이 떠나갈 줄 몰랐습니다

눈여겨보지 않았으면 꽃잎 자리 남은
여린 가지 파란 잎이 아프다는 것을
알 수 있었을까요

벚꽃이 화사하게 피던 까닭이
이른 이별의 인사인 줄 알았다면
꽃잎 지켜보지 않았을 것입니다

꽃이 떨어져 내린 빈자리가 싫어
안간힘 쓰지만 봄바람은 남은
꽃잎마저 흩어가려 합니다

어둠 내린 길목 가로등 불빛 사이로
흩어지는 꽃잎이 이른 이별을 고합니다.

비가

그대 가는 길에 비가 내리면
그대가 흘리는 눈물인지
마음 알지 못합니다

비 내리는 날을 좋아했던 그대

떠나고자 했던 날이 꼭 비 오는
날이 아니었다 해도
그대 가는 뒤안길에서
나는 몰라라 했을 겁니다

비가 내리는 날
임을 보내드리면서
이별을 고함에
마음 들키지 않아 안도합니다

눈물이 비에 섞여 바닥 적시면
이별 앞에서 슬픔 숨긴
임을 말없이 보내 드리는 배려입니다.

백 년 향기

화사한 벚꽃이 밤을 밝혀
백 년의 향기로 축배 주를 든다

벚꽃의 동정 알 수 없어
애태우는 밤

바람 불어
가는 길 걸음마다
꽃잎이 흩날린다

화사한 벚꽃
봄 향기 진하도록

한잔 술에 시름 달래자 하나
백 년 향기 간데없는 자리에
흩날리는 꽃잎이 술잔 채우네.

낙엽은 흩어지고

붉게 타오르든 단풍이 곱게 치장하더니
간밤에 바람 불어 색이 바랬네
낙엽 떨어지는 풍경은 쓸쓸하여라
매정한 찬바람은 찬 서리 되고
고적한 산사에는 찾는 이 없다
봄 향취는 귓불에 잠시 스쳐 간 바람이었는가
찬 바람 가고 나면 훈풍이 오고
꽃은 시들었다 계절 따라 다시 피건만
임은 공허한 바람 되어
계절 따라 가버렸구나.

김장 김치

아침햇살 시린 대청마루
어질러진 소금절인 배추 틈새로
소년은 쉴 곳 여 밀어

고추 양념 듬뿍 칠한
김장김치 한 포기 매운 입맛 다셨다

찬 기운 스며드는 군불 식은 작은방
김치 냄새 코끝 머물러

그날 한 포기 김치 맞은
찢겨진 문풍지 소리처럼 호들갑스럽게
입안에서 소리 내었다.

감나무 가지 남겨둔
까치밥 홍시 두어 개
이불 속 남긴 쌀밥 생각 더하고

그날 매운 김치 맞은
찢겨진 문풍지 바람 소리로
긴 겨울나기 입안 되새기게 하였다.

쌀밥

끈끈한 보리 채운 밥솥에
한 줌 쌀을 얹혀 불을 지피면
쌀은 흰 옥처럼 고운 색을 발하고

주걱으로 채 두 그릇
조심스럽게 퍼내고 난 뒤
사정없이 양푼 그릇에 담겨지는 굵은
보리밥 눅진한 맛이 입안 가득 퍼졌다

윗분 드시던 쌀 밥그릇에 눈이 가고
한 줌 남길세라 눈길 못 떼면
따가운 시선도 비껴가지 않았다

흰 쌀밥 고운 색은 자태를 잃었으나
유혹하던 맛은 잊히지 않고
배고픔만치 진한 향수로 입안 맴돌아

보리밥 냄새가 배어나던 부엌이 사라지고
불을 지핀 옛 솥이 아님을 알았을 때
그날 흔적은 이미 저만치 가고 없었다.

솔방울

소년은 솔방울 찾아 재를
넘고 넘어 떨어지지 않으려는
솔방울을 힘 부쳐 떼 내어

군용 백에 솔방울을 채우고 나면
양푼 그릇 보리밥 채운 배 속이
쪼르륵 소리 내었다

갔던 길 되돌아 나올 때는
솔방울 무게가 짓눌러
어깨는 천근만근 걸음은 힘겨웠고

부엌 솔 갈비 나뭇짐 사이로
한 귀퉁이 차지한 솔방울이
아궁이에 하나씩 던져질 때는
어두운 부엌을 밝혀 주었다

먹을거리 없는 애매한
찬장 문을 수없이 열고 닫아
차가운 날씨만큼 샘물도 차가웠고

아궁이 남은 불씨가 없어지고
촉수 흐린 방안 등이 꺼질 때면
방구들 따스한 훈기도 식어

줄어드는 솔방울을 바라보던 소년은
찬바람과 배고픔이 어우린 산골짜기
겨울 풍경이 다가와
이불 틈을 비집고 들었다.

방패연

하늘 높이 뜬 방패연이
점처럼 작아지고
연싸움 끝에 팽팽하던 연줄이
탄력 잃고 늘어지면

감각 잃은 연은 망연자실
살 에이는 북풍에 몸 맡겨
허공 어딘가로 휘청휘청 날아갔다

창공 누비던 모습 걸맞지 않게
앙상한 나뭇가지 걸린
찢어진 방패연과 엉킨 줄이
날씨처럼 을씨년스러웠고

담벼락 모여 앉은 아이들
헝겊 말아 쥔 손안으로
유리 가루 먹인 줄이 얼레에 감길 때면
추위 참는 콧물은 비릿하였다

육각 얼레 파란 촉사 실 외줄에
하늘 높이 떠 있는 연을
한없이 부러운 눈길로 바라보던 소년은

흉내 내어
실타래 줄 하나에 공중 높이 연 올려
창공 어딘가 작은 소망
전해지는 무게에 담고 있었다.

못다 핀 목련

이른 봄날 하얀 꽃망울
수줍게 내민 목련이

어느 날
색 바랜 모습으로

한 줄 호스에
가냘픈 명맥 잇다가

비통과 간절한 소망이
교차하던 길목 점에서

그 차가운 물질이
너 몸에서 작별 고하던 날

너는 못다 핀 한 떨기
하얀 목련이어라.

초롱 이슬

네가 고고의 탄성을 울리고 태어나던 날에
초롱초롱 머금은 이슬이
아침 햇살에 반짝여
그 모습은 영롱한 맺음과 축복이었다

맘마 찾고 방긋거리는
까만 눈망울의 속삭임은
깨알 같은 엄마 아빠 사연이랑
못다 나눈 아련한 이야기 연출하게 하던

부어도 부어도 다하지 못할
애틋한 사랑의 충만함을
이제 그 모습 볼 수 없어
여미는 지새움 어찌하라고

맑은 숲 공기 폐부 깊숙이
갸르륵 웃는 소리 메아리 될 때

태고에서 잉태하는 생명을
찬미하여 노래하고 싶던

아–
꿈이라면 깨어
사랑과 소망의 애태움 다하게 하여
허공의 가냘픈 모습이 된

엄마 아빠 누나
너 보이지 않는 얼굴
다할 때까지 살아갈 꺼나.

애도

그대 무슨 일인가요
어찌 된 거짓말 같은 사실입니까
이십 구세 젊은 나이에
영원한 이별을 고하다니요

푸른 숲속
맑은 호수
애환 배어있는 고향

사랑하는 그대 가족
보고 싶은 연인
정든 얼굴 버려두고
그리 쉬이 눈 감을 수 있었습니까

가난한 시대 살다가
쓸쓸한 여정 남기고
가엾게 가버린 그대 주검 앞에서
푸른 나뭇잎조차 색이 바랜듯합니다

혼자이던 그대가 언제인가
날 보고 외로워하지 않았으면
좋겠다던 그 말 잊지 않았는데

그대가 한을 남긴 강물은
아무 일 없듯이 무심히 흐르고

말없이 가버린 그대의 주검 앞에서
할 말 잊은 채로 비통해합니다.

나만의 비밀이랍니다 (장모님 영전에서)

지난 시절 내가 살던 남해도 대지포에는
이맘때 계절이면 들 쑥 내음이 코끝에 머물고
산 아래 골짜기 계곡물은 마을 앞을 흘러
바다는 한없는 도량으로 하천물을 받아들였답니다

잔잔한 은빛 물결이 반짝일 때면
끝없이 펼쳐진 물의 나라처럼 내 가슴도 마냥 설렜지요

온 햇살이 뜨겁게 쬐고 난 열기 식지 않은 밤이면
은은한 반딧불의 행렬이 눈앞을 어지럽히고
안겨 오는 밤바람은 밀려오는 사랑의 밀어 같은 거였나요

그런 순결로 맺어진 정표는
들키고 싶지 않은 나만의 비밀이었답니다

고운 꿈 간직한 열정도 어느 날 지아비의 비보를 접하고
어린 자녀들의 엄마로 약해질 수 없어
세상의 틀에서 벗어나지 않으려고 가슴 옥죄여야 했습니다

가슴에 흐르던 사랑의 끈은 식지 않았는데
마음의 문을 닫아야 했던 삶이라 그랬는지
수백 번을 다짐하면서도 마음은 늘 허전하였지요

공허감이 밀려올 때마다
가슴속의 아픔은 말 못 하는 멍으로 남아
내가 안고 가야 할 운명이라고 여겨 이제껏 숨겨왔답니다

한 백 년 살고 싶었던 애틋한 염원도 아득히 느껴지는
내 몸 안의 깊은 병마는 손 쓸 수 없을 만치
이미 가까이 다가온 것 같네요

적지 않게 쌓인 사연들이 파도처럼 밀려왔다가
가물거려 가슴이 다 먹먹해집니다

사랑하는 내 자녀 손자 손녀들과 함께한 세월
새겨놓은 다 놓고 싶지 않은 기억들
이제 세상의 끈을 내려놓고 먼 길 가야 하는 시간인가 봅니다

너무 슬퍼할 것 없네요
그게 내가 살아온 지난날 내 흔적의 위안이기도 하답니다.

가을의 빈자리에서

당신이 유명을 달리하였다는 비보를 듣고
한동안 망연자실하였습니다.
살날이 오래 못 간다는 사실을 알면서도
앞으로 후회될 날이 많을 거라는 걸 생각하면서도
설마하고 지켜본 내 가슴이 미어지듯 합니다

이다지 마음 아픈 것도 당신의 병든 모습에서
좋은 정보다 쌓인 미운 정 때문인지 알 수 없습니다

병들어 신음하던 당신이 살아있다는 의미 하나만으로
정과 미움의 아픈 과거들이 엉킨 채 그나마 위안이 되었는데
버티기 힘겨워하던 잔흔만 남기고 영영 떠나가 버렸으니
이제 난 누구에게 하소연할까요

당신이 남긴 발자취가 곱지 않다 해도
마음속에 진정 두고 싶어 하는 건 수시로 부르던
노래 가사 같은 번지 없는 주막집이었는지
언제인가 당신이 있던 시골 이발소 딸린 집에서
잠시 운영하던 주막집이
그나마 쉴 곳 찾는 나를 반겨주었지요

언제인가 당신이 찾아왔을 때
그냥 보낸 것이 안쓰러워 꽃구경 가자 해놓고 못 가고
먹고 싶은 것 먹이지 못한 것이 한이 됩니다

당신이 갖지 못한 지위와 가난 때문이었는지
그냥 자유롭게 살다 가면 된다는 말도 진실이 아니었는지
살겠다는 의욕도 포기한 것 같았지요

원망과 온정이 그리움 되는 자리에 당신이 가는 길이
한 번 가면 다시 오지 못할 허무한 길이고 뒷길에서
지켜보아야 하는 내 마음이 오래 미워할 수 없고
아플 거라는 것을 알았더라면 초라한 그런 모습 숨길 수 없었나요

당신이 먼 곳 떠나가야 할 시간에
무슨 생각을 하였는지 궁금해집니다
어머님 가까이 간다는 생각을 하였는지
무수히 남긴 지난날의 온갖 사념 속을
헤매었는지 알 수 없습니다.

왜 그렇게 사느냐고 말할 수 있는 시간은 지나가 버렸지만
당신의 과거를 부정적으로 기억해야 하는
서글픈 삶의 굴레가 나를 슬프게 합니다.

늦은 가을의 풍경이 머문 화장터에서 차례를 기다리며
한 움큼 되는 마지막 체흔의 가루가
우리 모두에게 남겨져야 하는 것인 줄 모르는 바 아니기에
왜 그다지 아등바등 살아야 하는 건지

당신이 남긴 체취를 납골당 칸 막에 모시고 돌아오던 길이
이제 다시 당신을 볼 수 없다는 그 공허감이
뇌리에서 지우려고 해도 미운 마음을 대신해서인지
미어지는 가슴을 쓸어 담기 쉽지 않습니다

기다려도 가까이 오지 않던 당신이기에
나에게 좋은 일 있을 때는 당신은 이미 이 세상에 없는데
그 끝 간 데 허무감을 어떻게 할까요

당신을 쉽게 잊을 수 없을 것 같은 쓰라린 가슴은
어쩌면 당신보다 내 마음이 가난하기에
그러한 건지 알 수 없습니다

단풍잎 곱게 치장한 가을은 작년 그대로인데 사람은 가고
낙엽 뒹구는 길 가로수 앙상한 가지가
영원한 이별을 고하는 풍경은 아닐진대
다시 못 올 길 가고 만 당신을 생각하며 비통해합니다

수억 년 억겁의 공간에서 잠시 머물다 가는
우리들의 삶이 그다지 대단할 수 없는 것처럼
이 세상에서 존재하고 하지 않음은
실로 차이가 크지 않음을 압니다

당신과 형제의 인연으로 현세에서 잠시 머문
온갖 풍상들이 슬픔을 쉽게 잊지 못하게 합니다

당신을 정말 미워해서도 아니었습니다
가슴 미어지는 슬픔 속에서 고독한 싸움이 되어도
나는 다시 말할 수밖에 없을 것 같습니다
왜 그렇게 살다 갔느냐고 말이지요.

어머님 영전에서

당신께서 유명을 달리하신지
수십 년 세월이 지났네요
돌이켜 보면 엊그제 같은데
아직도 실감이 나지 않습니다

현세에서 잠시 머문 어머님과의 인연
세월이 가면 잊는다지만
날이 갈수록 그리움이 더해가는 것은
어인 일인가요

잠을 자면서도 비몽사몽간에
언뜻언뜻 어머님을 뵙곤 합니다
정말 먼 길 가시고 생존하지 않는 것인지
당신께서 영원히 오지 못할 길 가셨다는 현실이
꿈인가 생시인가 헷갈릴 때가 많습니다

부평에서 어머님의 비보를 듣고
호남선 열차 칸에서 통곡하고는
정작 주검 앞에서 말랐던 눈물은
오랜 세월을 눈물 아껴 흘리려고 그랬나 봅니다

어느 여류 시인이
당신의 어머니 묘소를 찾아
지은 글을 보았는데
당신의 어머니께서 생전 따님에게
아름답고 감성 어린 정을
듬뿍 남긴 것 같아 일말 부럽기도 했습니다

그리움의 표시마저 불행하게 살다
가신 당신께 사치인 것만 같아
한 맺힌 마음을 담아야 하는 안타까움에
이리도 아픔을 남겼는가 하고
가책하는 마음은 영 얕아질 것 같지 않습니다
설령 다른 글로 포장한다 해도
당신께서 생전 한 맺히고 멍든 가슴
애절한 사연을 무엇으로 메꿀 수 있을까요

가난한 당신께서 떠밀리듯 수술하고는
간병하는 이 없이 통증으로 인해
진통제를 찾다 찾다가 집 위채분에게
방안에 연탄을 피워달라셨다던가요

군에 간 넷째 아들 그 못난 사내가
입고 갔던 옷이 부쳐 오던 날
옷을 부여잡고 서럽게 우시던 어머니

그때 슬피 우시던 모습은 지금도 생생한데
이 아들이 입대했을 때도 그리하셨나요

영겁의 세월이 지나가도
다시는 볼 수 없을 어머니
가엾으신 당신께 투정 부려 회한 남긴 일이
가슴 찢어질 듯 아려옵니다

세월이 얼마큼 지나고 나면
이 아들도 세상에서 사라져야 하고
그땐 어머님의 아픈 사연도 함께
세상에서 잊힐 것이라 생각하니
허망의 끝 간 데 와 있는 심정입니다

올 구월 하순은 유난히도 코스모스 꽃잎이
쓸쓸해 보여 찾아본 산소
색 바랜 불두화가
가을비에 촉촉이 젖어 있었습니다.

어머니

하얀 꿈을 강진 도암 사초
해변에 머금으시고
푸르름이 영글어 가던 계절
먼 곳 지아비 따라 오시던 날
산새들은 축원의 노래 불렀소

단란한 가정이기보다는
서글펐던 인고의 세월
고운 얼굴에 주름살 지고
검은 머리 희끗해지실 때
육체를 파먹어 가던
암의 병마가 함께할 줄을

아무도 없는 외로움과
통증의 진한 아픔 속에서
살고 싶다고 힘없이 말씀하시던

이겨낼 수 없는 병증의 자각과
눈을 감을 수 없는 한만을 남겨두고

가엾은 얼굴 눈물마저 마르기도 전에
진주 남성동 한 단칸방
추풍이 오는 길목에서
홀로 영원히 오지 못할 길 가고 마셨구려

어머니 그 아픔의 자리에
소자의 눈물 함께 하옵시고
서러움도 고통도 없는 곳
편안히 잠드소서.

어머님 (崔今女 : 1915. 1. 3~1979. 9. 21)의 명복을 빌며.

어머님 간장

곰팡이 얼룩진 눅눅한 냄새나는
창살마저 없는 텅 빈 단칸방에서
한 모금 시원한 물을 들이키고 싶은
타는 목구멍의 갈증을 느끼며

결코 대상일 수 없는 가엾은 당신께
분노의 기운이 뻗치고

폭풍우가 지나간 것 같은
뻥 뚫린 공간에는 후회와 좌절과
애가 타들어 가는 안타까운 잔해가 남아
심장 깊이깊이 박혀
피를 토하는 줄 알았습니다

역마살 낀 아버지를 내보내고
고뇌하던 자식 하나 군에 가야 하는데
홀로 남아야 할 당신께서는
덩그러니 장독 하나에

체념인 듯 아닌 듯 간장을 담그시고
간장 색이 변한 것을 변고가 있을지 모른다며
간장을 밥솥 가마에 얹어
죽어라 하고 휘젓고 휘저었습니다

얼마 지나 애가 많던 아버지는
객지에서 비명횡사하시고

당신께서는
반듯이 크지 못한 자식들 한 되새기며
병든 몸을 겨우 연명하시더니

먹을 이도 없는 간장
다시 담그지도 못한 채
곰팡이 얼룩진 단칸방에서
눈을 감았습니다.

어머님 기일 날에

제사상을 끝으로 지방을 태웠습니다.
작년처럼 당신의 영혼이 잠시 찾아와
한 점 불꽃 되어 사라지는가 했는데
오늘 멀리 가지 않는 건 바람 잠재워
더 머물고 싶어 그랬나요

당신께서 자리 잡은 비봉산 뒤 터 자리
일백여 리 산소 길 가시려고
그리도 주저하다 말고 가신 건가요

오늘 제사상에 흘러내리던 양초 물이
그리도 슬퍼 보였던 건
당신께서 못다 흘린 눈물이라서 그랬나요

저승 갈 때 못다 드신 배고픔인데
눈물일랑 미루고 천천히 드시고 가겠다는
말씀을 기어이 하시지 않구요

한 해를 보내고 또 한 해
제사상을 차릴 때마다 가슴 미어지는 건
사무치는 그리움 남기고
당신께서 떠나가신 슬픈 사연
새겨져 있어서입니다

이맘때 바람 불면 가을이 내게서
더 쓸쓸한 것은 그날의 아리도록 슬픈
당신께서의 모습이 못난 아들 가슴 피멍
새겨져 있어서입니다

예전에 알지 못했네요
찬 바람 불면 나뭇잎 떨어지는
세월까지 아프다는 것을.

어머님 영전에 바치는 글

옛 기억을 더듬으며 남강을 굽어보았다. 진주성 복원사업으로 예전에 살던 영남표국사 오르는 달동네 집은 헐리고 흔적도 없어진 지금의 김시민 장군 동상 뒤 터에는 대신 잔디가 깔리고 이쪽저쪽에 나무 몇 그루가 서 있었다. 고개를 들어 멀리 흘러가는 구름 뒤로 어머님과 단둘이 단칸방에서 생활하던 지난날이 주마등처럼 회상되었다.

군에서 제대하고 난 한두 해가 지난 늦봄의 어느 날. 어머님과 다투고 난 간밤의 화를 삭이지 못하고 아침 일찍 마루 밑에 던져두었던 외줄낚시 채비로 진양호 도선장에서 골짜기 길을 따라 한참 걸어가 자리를 잡고 낚싯줄을 던져 넣은 호수 쪽을 바라보고 있는데, 얼마쯤 시간이 지났을까 길 입구 쪽에서 누군가가 내 이름을 부르며 어머님이 그쪽으로 가고 계신다고 하여 돌아보았더니, 어머님께서 내가 걸어 온 위험하기 그지없는 가파르고 좁은 낭떠러지와 다름없는 길을 힘겹게 걸어오고 계셨다.

그렇게 소리친 분은 먼저 낚시 가 있던 셋째 형 친구분의 목소리 같았는데, 아마도 그 형이 자리 잡은 장소에서 더 안쪽으로 걸어가고 있던 나를 뒤늦게 보았는지는 알 수 없었으나 사정상 모른 체하고 있다가 도선장 가까운 버스정류장에서부터 낚시인들이 있을 만한 곳을 찾아 두리번거리고 계셨을 어머님을 발견하고는 나에게 알려온 것으로 추측되었다. 그분은 고아로, 형과 같은 업종의 이발업으로 생활하고 있었고 어릴 때부터 혼자 살던 여자분의 양아들로 양육되어 자신의 처지를 비관하는 날이 많은 분이었다.

  그 순간 이루 형언할 수 없는 감정과 조마조마한 마음으로 지켜보면서도 뛰어 올라가 부축해 드리지 못하고 "이곳까지 왜 찾아왔느냐"며 끝까지 그 자리에서 움직이지 않고 소리치는 내 마음은 애가 타는 안타까움에 떨어야 했다.

  어머님이 울먹이시면서 내 이름을 부르고는 그러지 말라고 하셨다.

  사면초가의 답답함을 견디지 못하고 간밤에 기력조차 없는 어머님을 원망하며 화를 내었더니 어머님께서도 듣다 더 참지 못하시고 몇 마디 나를 나무라셨는데 그 일로 아침 일찍 밖으로 나온 나를 찾아, 평소 진양호로 낚시를 잘 다닌다는 것을 알고 계시던 어머님께서 불편하신 몸으로 도시락을 싸 들고 힘겹게 진양호 버스 종점 광장 입구에서부터 묻고 물어 찾아오신 것이었을 게다.

  어머님께서 계란말이와 멸치 등의 반찬에 쌀밥이 담긴 원반 도시락을 끌러 내보이셨다. 수중에 가진 것 없을 당신께서 만드신 도시락을 보고 애잔한 생각이 들어 목으로 넘기기가 쉽지 않았으나, 앞에 앉아 밥 먹는 내 모습을 가만히 지켜보고 계시던 어머님의 얼굴이 평온해 보여 짧았지만 그 시간이 너무 행복한 순간이기도 했다.

  한두 번의 일도 아니었으나 간밤의 화난 일로 아침도 먹지 않고 나온 못난 아들이 얼마나 애처롭게 생각 들었으면 그리했을까 싶어 지금도 그날의 일을 생각하면 가슴이 아려온다.

  길지 않은 시간이 지났을 때쯤 마침 가까이 지나가던 도선을 손짓해서 오게 하여 나는 낚시를 하고 나중에 가겠다며 어머님을 먼저 배에 오르시게 하였는데, 멀리 떠나가는 이별의 아픔처럼 떠나는 배 뒷전에 홀로 서서 물끄러미 나를 바라보고 계시던 그날의 가엾으신 어머님의 모습이 지금도 생생하게 회상된다.

내게는 네 분의 형이 있었으나 청각 장애가 있던 큰형은 내가 어릴 적에 집을 나가 버렸고 둘째가 유일한 딸이었으나 세 살 때 보는 이가 없는 사이 상에 놓인 문어 다리를 삼켰다가 숨이 막혀 유명을 달리하였다는 말을 전해 들은 적이 있다. 당신께서는 여러 아들 중 떳떳하게 내보일 만한 자식 하나 없는 데다가, 어떤 원인에 의해선지 윗대 큰아들이시던 아버지는 알코올중독으로 인해 정상적인 분이라 할 수 없었고 어머니는 조부모님을 모시면서 고부간의 갈등까지 피할 수 없었다. 그러나 할머니가 돌아가셨을 때는 일 년 간을 방안에 차린 빈소에 매 때를 거르지 않고 상식을 올리는 정성을 다하는 분이시기도 했다.

예견되는 어려운 집안 사정이었고 결과적으로 몰락해 가는 가정형편을 지켜보면서 한은 쌓여 갔을 것이다. 마지막 달동네 방 한 칸 끝 간 데까지 내몰린 처지인 데다 월세는 고사하고 끼니마저 걱정해야 하는 생활고에 시달리다 못해, 비관하고 방황하던 다섯째 못난 아들의 모습까지. 당신께서 가슴에 응어리진 한처럼 짧지 않은 세월 동안 지켜본 마음속에 어떤 생각이 들었을지 적절히 표현할 말이 있을 것 같지 않다.

일 년에 네 번째 이사한 진주 상봉동사 맞은편에 살고 있던 내 나이스물한 살 때 여름. 매미 울음소리도 지쳐갈 즈음 공부한다며 쪼들리는 집안 형편에 여느 부잣집 돈과 같을 수 없는, 임대차 설정되어 있던 전세금 중 일부인 천금 같은, 그 당시 만 원의 돈을 어머님에게서 받아 놓고 목적을 달성하기 전에는 귀향해서는 안 된다는 다짐을 하고 또 하였으나, 옆에 있어도 아무런 도움도 못 될 것이 뻔한데도 어머님을 오랫동안 못 본다는 그런 슬픔이 당시의 여린 내 마음으로는 감내하기가 쉽지 않았고 마음을 다잡지 못하고 며칠간 갈등으로 지새우며 위안을 받고 싶은 생각에 그 귀한 돈의 일부분을 친구들을 만나 술값으로 지출하였으나, 같은 또래 나이의 그들에게서 대안이나 들을 말은 없었다.

공부 목적으로 부산에 가 있는 친구가 그다지 신뢰할 만한 성품이 못 된다는 걸 알면서도 우선 버텨야 할 설 자리가 있어야 했기에 기대 반 우려 반으로 찾아갔으나, 예상한 대로 허세에서 벗어나지 못하고 있는 그에게서 재차 실망하고 이틀 만에 하향하여 집에는 들어가지 못하고 감내하기 어려운 마음의 고통을 짊어진 채 지리산 가는 국도변 길목 아름드리 버드나무 아래서 고뇌하고 자책하며 그 긴 밤을 지키다가 그해 봄에 한 달간 머문 적이 있는 산청군 삼장면 대포리 마을로 가는 지리산 대원사행 새벽 버스에 몸을 실었다. 공부를 해야 했으나 그때는 조용한 촌가의 안식처를 찾고 싶었던 마음이 더 컸었다.

수개월 만에 보는 하숙집 아주머니가 나의 모습을 보고 봄에 볼 때와는 달리 너무 수척해졌다며 놀라워하는 것 같았다.

겨우 스물한 살의 나이였으나 그 시기에 번민과 고충 탓인지 오래지 않은 기간인데도 얼굴이 변해 보일 정도였다.

나중에 안 일이지만 어머님께서는 내가 부산에 있지 않고 하향하고도 집에 들어가지 않고 길에서 밤을 새우고 시골 쪽으로 갔다는 사실을 어떻게 아셨는지 마지막 길을 택하려고 갔다며 슬피 우셨다는 지난 기억을 회상하며 그날의 회한이 사무쳐 오는 듯하다.

공부를 시작하게 된 동기도 사춘기의 여러 가지 요인 중 하나가 작용한 것이나, 나날이 어려워져 가기만 하는 집안 여건에 그 결정이 얼마나 외로운 길이며 자신을 괴롭히고 어머님께 한을 안길 지도 모른다는 생각이 들지 않은 것은 아니었으나, 그로 인해 가정을 모르는 아버지와 맏형 노릇 하던 아무 능력 없는 둘째 형 대신 힘없는 어머님을 원망하는 소리는 어머님 가슴에 대못을 박고 공부도 결국 성사시키지 못했고 마음속 깊이 자리한 사랑의 끈도 단절될 수밖에 없었던 그날의 아픔이 천 근 같은 무게로 다가왔다.

공부도 접고 이런저런 몇 군데 일을 해 보았으나 긴 날은 못 되었고 딱히 할 수 있는 일도 없었던지라 허투루 세월을 보내고 군에 입대하던 날. 전날 밤까지 갈등으로 지샜던 터라 집에 계시던 아버지에게 인사도 하지 않고 집을 나섰다. 진주 역에서 군용열차 차창 밖으로 내민 내 손을 꽉 부여잡고 군용열차가 움직이고 출발할 때까지 따라오시며 손을 놓지 않으시던 어머님과 그 옆에 서 있던 둘째 형을 바라보는 내 가슴은 북받치는 격정으로 타들어 가는 듯했다.

　언제인가 내 바로 위형이 군에 입대하면서 입고 갔던 옷을 받아 보시고 결코 효자라고 할 수 없는 그를 두고 못내 슬피 우시던 어머님을 생각하며 내가 군에 입대하였을 때 입고 갔던 옷이 배송되었을 때는 또 얼마나 우셨을지 가슴이 쓰라려 왔다.

　논산에서 훈련받고 있을 때 아버지가 언제 장사 길로 나섰는지 부산의 어느 하숙집에 투숙해 계시다가 갑자기 돌아가셨다는 부고를 받았다. 아버지를 증오하던 마음이 적지 않았기에 장례식에 가고 싶다는 마음도 없었다.

　입영 전에 큰 독에 담아둔 간장 색이 변한 것을 보시고는 간장이 변하면 변고가 있다는 속설에서 불안감을 느꼈었는지 간장을 바가지로 떠내 일정한 양을 솥에다 채우고는 연탄불에 올려놓고 몇 번에 걸쳐 마치 꺼져가는 한 가닥 희망이나마 붙잡으려는 듯이 정화시키기 위해 필사적으로 휘젓고 또 휘저으셨다. 그런 속설을 믿지 않는다 해도 고뇌하던 아들이 군에 징집되고 한 달여 만에 역마살 낀 남편께서도 유명을 달리하셨으니 불효한 아들이든 정상적이지 못한 가장이든 가뜩이나 마음 둘 곳 없는 당신께서 방 한 칸짜리 공간에서 홀로 감내해야 할 마음이 어땠을지 상상이 가고도 남는다.

　첫 휴가 나왔을 때 어머님이 이사하여 진주성 내 제각에 딸린 방 한 칸을 얻어 혼자 생활하고 계셨는데 많이 늙으신 것 같아 보였다. 고뇌하던 아들을 군에 보내고 적지 않은 걱정을 하셨을 어머님께서 나를 보시곤 그나마 안도하는 모습이 엿보였다.

 며칠 지난 어느 날 군복을 입고 술을 마신 상태로 공원을 걷다가 마주 오던 또래의 두 남자와 시비가 붙어 다툰 끝에 얼굴에 약간의 상처가 났었는데, 평소 어머님과 친자매 이상으로 지내시던 평거 이모님이라는 분이 합의금 명목으로 당시 화폐로 생각 외의 적지 않은 돈을 받아 온 것을 생활고에 시달리면서도 애가 많은 아들이 가뜩이나 군에서 휴가 나와 맞아서 받은 돈이라고 그랬는지 단 한 푼도 손대지 못하시고 방안 찬장 잘 보이던 곳에 귀대하는 날까지 보관해 두셨다.

 두 번째 휴가 나왔을 때까지도 어머님께서는 제각에서 혼자 생활하고 계셨는데 첫 휴가 나왔을 때와는 달리 나를 보는 어머님의 얼굴도 다소 밝아 보였다. 삼 년째 들어 말년 휴가 나왔을 때는 살고 계시던 제각에서 이백 미터쯤 떨어진 영남표국사 오르는 길 중간 지점의 방 다섯 칸에 다섯 세대가 사는 방 하나를 세 들어 살고 계셨다.

 군에서 제대하고 서울로 두세 번 오르내리면서 친구 친척 형이 운영하는 프레스 일과 노동을 잠시 하다가 진주에서 한 여름 동안 하드 배달 장사를 하였으나, 가게는 지금과 같은 냉동 시설이 되어 있지 않고 얼음을 채운 통 속에 하드를 넣어 두던 시절이라 요령이 없어서인지 녹아내릴 때가 많아 생활비 한 푼 보탤 수가 없었고 그러다가 술을 마시고 흐트러진 모습을 보일 때는 어머님께서는 못내 가슴 아파하셨다.

 하루는 경범죄로 즉결 심판을 받기 위해 법원으로 가려는데 경찰서로 찾아온 어머님께서 호송 차량 뒤에서 형언하기 어려운 슬픈 얼굴로 눈물짓는 것 같아 그 안쓰러운 모습에 목이 메었다.

 어느 날 낮에 집으로 걸어가고 있는데 뒤에서 어머님이 부르시길래 뒤돌아보았더니 나를 보고 그쪽으로 오라고 손짓하셨다. 지금은 달동네 집과 같이 헐리고 없는 당시 튀김과 막걸리 등을 판매하는 작은 가게 안쪽에 앉아 계시던 어머님이 마침 그 앞을 지나가던 나를 보고 불러 세우신 것 같았다.

어머님과 그 가게에서 뭘 마시고 먹었는지 기억이 희미하나 마주 앉아 이야기 나누던 그날의 일이 꿈처럼 다가와 사무치는 그리움으로 다가온다.

 언제인가 부엌 낡은 찬장 위 신문지 밑에 놓여있던 오천 원권 2매를 발견하고 가끔씩 훔쳐보다가 몇 달이나 방치되고 있어 가엾으신 어머님이 둔 돈인 줄 알면서 먼저 오천 원을 꺼내 쓰고 며칠 지나 나머지 오천 원마저 꺼내 쓰고 말았다. 며칠 지나 어머님께서 나에게 가만히 다가서더니 돈을 가져가 썼느냐고 물으시기에 민망스러움도 잠시 그렇다고 대답하였더니 그때서야 안도하시는 것 같아 보였다.
 그때는 어머님의 건강 상태를 형편상 알려고도 하지 않았으나 이미 몸에 암의 병마가 깊이 침투했는지 소량의 음식마저도 억지로 드시고 나서는 의치에 칫솔질을 하다가 속에서 메스꺼움을 느끼시는지 목 부위를 쑤셔 그대로 토해내시곤 하였다. 몸은 야윌 대로 야위고 기운조차 없으신 어머님께서 비상금으로 아껴 두었을 피 같은 돈을 꺼내 썼다는 죄책감의 여운이 지금까지 두고두고 마음을 괴롭힌다.

 그 전에 집에서 내려와 큰길 우측으로 가다 보면 지금은 헐리고 없는 극장 하나가 자리하고 있었는데, 어머님이 알고 지내시던 친구분의 사위가 극장 입구에서 입장표 받는 분이셨다. 그분도 자신의 장모님 친구인 어머님이 극장에 나타나면 깍듯이 인사하며 극장 안으로 무료로 입장시켜 주어 당신께서의 속마음이 어떠하였는지는 알 수 없었으나 그나마 돈 없이도 가끔 극장을 드나들 수 있었고 어려운 처지에 영화를 볼 수 있는 것만으로도 한 가지 여가를 보낼 수 있는 유일한 시간이 되는 것 같아 보여 다행스럽기 그지없었다.
 어머님께서 젊어서는 성정이 괄괄한 편이었으나 어느 시기부터인지 힘을 잃은 듯 보였다. 잔 인정은 많은 분이라 그 전부터 하층 부류인 행상인을 비롯한 어려운 사람이 찾아오면 돈을 받지 않고 없는 찬이나마 밥을 차려 주고 잠을 재워 주는 등 알고 지내시던 분도 적지 않았다.

음식을 먹고 나면 곧바로 토해내는 고통이 적지 않았던지라 시내 한 곳의 의원을 찾았을 때 그 의사가 어머님의 행색을 보고 어떤 생각이 들었는지 안됐다는 표정을 지으며 암이라는 사실을 간접적으로 암시하는 것 같았으나, 그 의미가 위급한 병인지 몰랐다기보다도 그 당시 차라리 무슨 병인지 모르고 있어야 하는 무력감과 그렇게 방치할 수밖에 없는 가난을 지켜보고 있어야 했던 내 마음을 둘 곳은 어디에도 없었다.

당시 어머님의 내심을 알 수 없었으나 정작 당신께서도 말기 위암이라는 병명까지는 모르고 계시는 것 같았다.

어머님께서는 살던 집 멀지 않은 곳에서 작은 주점을 운영하던 여자 한 분을 딸처럼 생각하시고 가까이 지내셨는데 그분이 진주 남강교 너머 도동 쪽으로 거주지를 옮겨 업종이 바뀐 구멍가게를 운영하고 있을 때 집에서 십 리도 넉넉히 더 되어 보이는 그 먼 곳을 버스비를 아낄 목적으로 걸어서 왕래하며 꼭 그분 딸아이를 봐주는 대가성이라고 볼 수 없는 몇 푼의 돈을 받아 오고 있는 것 같았고, 어떻게 구해 온 것인지는 알 수 없었으나 작은 쌀 포대를 갖고 와 부엌 쌀독에 부을 때면 당신의 처량하신 모습에 가슴은 미어지듯 아팠다.

찬 없는 밥과 라면 등으로 끼니를 때우는 둥 마는 둥 지치고 힘든 악조건 속에서 이것 아니면 마지막이라는 심정으로 낮에는 어머님에게서 시내 버스비를 받아 예전에 셋째 형이 사둔 농촌 이발소 자리 폐가를 오가는 한편, 집에서는 삼십 촉짜리 어둑한 조명 아래서 밤늦게까지 경찰공채시험을 준비하고 있던 어느 날에 둘째 형이 찾아와 누구로부터 소개받았는지 내게 외항선에 승선할 것을 반강압적으로 권유하는 말을 들은 어머님께서 승선하면 정해진 기간이 2년이라는 사실을 아시고는 당신께서의 명이 길지 않을 거라는 예감을 하셨는지 이튿날 집 마당에서 기력이 소진한 모습으로 세수를 하시다가 "네가 갔다 오는 그날까지 내가 살 수 있을까?"라고 하시며 내가 태어난 시간을 알려 주셨는데 그 말을 듣고 가슴이 먹먹해지고 억장이 무너져 내리는 심정 상태로 말씀 해주신 시간을 새기지 못했다. 다행히 승선할 선박이 외항선이 아니라 어선이라고 하여 가지 않아도 되었다.

병마에 시달리며 영양 섭취는 고사하고 약 한 첩 변변히 드시지 못하고 계시던 어머님께서 당시 수술 여부를 주장하고 결정할 수 있는 처지도 못 되던 나는 배제된 채 야윌 대로 야윈 몸으로 그 알량한 위형 두 명과 주점을 운영하던 셋째 형 형수 되는 분에게 떠밀리다시피 하여 시내의 한 병원에서 수술을 받으셨으나 병원 관계자들로부터 6개월을 채 넘기기 힘들다는 말을 은연중에 듣고 후회와 원망과 하늘이 내려앉는 절망감으로 있는데 문병 온 옛 이웃 아주머니 한 분이 병실에 계시는 어머님께 "할머니 이제 사셨습니다."라고 하자 정작 병의 증세를 모르고 계시던 어머님께서 다소 안도하시는 것 같아 보여 측은한 마음이 더했다.

퇴원하실 날이 지났으나 병원비를 내지 않아 병원에 방치되다시피 한 어머님을 생각하며 애가 탄 나머지 형수 되는 분이 운영하는 주점에 가보니 어머님이 계시기에 영문을 몰라 하자, 우시면서 병원에서 내보내 주지 않아 견디기가 힘들어 아무도 없는 틈을 타 나왔다고 하는 말을 듣고 비참한 처지에 정의심이라도 발동되었는지 "어머니를 구해준 병원인데 그냥 나오면 어떻게 하느냐"고 병원으로 되돌아가시게 하였는데 어머님께서는 그날부터 며칠 동안 병원에서 감금되다시피 하고 계시다가 위 형 등이 치료비를 어떻게 흥정하고 지불하였는지 퇴원하실 수 있었다.

그 전에 한집 위채 살던 구론산 음료를 배달하던 분이 병원 앞을 지나가다 보니 밖에서 보이는 곳이었는지 어머님이 병원 한 곳에 앉아 울고 계시더라는 말을 전해 듣고 왜 그때 어머님을 병원으로 되돌아가시게 하였는지 후회로 인해 마음은 천 갈래 만 갈래로 찢어지는 듯했다.

그 당시 주점을 운영하던 형수 되는 분은 목과 손목에 금붙이를 주렁주렁 달고 있었다.

어머님께서는 퇴원하고 나서도 아무런 간병 조리도 못 하고 계셨다. 경찰종합학교 입교 하루 전날 열차비가 없어 쩔쩔매고 있었으나 없는 살림에 가엾으신 어머님을 두고 굶다시피 하면서 마지막으로 선택한 시험 공부한다는 것이 그다지도 큰 죄가 되었는지 아무도 거들떠보는 이도 없었다. 그도 부족해 성향이 바르다고 볼 수 없는 넷째인 바로 위 형과는 어릴 때부터 사이가 좋지 않았지만 수시로 내뱉는 모욕적인 말을 들어 왔었는데 그날도 마찬가지였다.

어쩔 수 없이 당시 집에서 멀지 않은 곳에서 부산에서 내려와 소규모로 금속 도금업을 하고 있던 친구에게서 이만 원의 돈을 빌려 집을 나설 채비를 하고 있는데 마당에 서 계시던 어머님께서 꼬깃꼬깃 아껴 넣어 두었던 것으로 보이는 천원 권 지폐 2매를 꺼내 방 안에 있던 나에게 던져 주셨는데 받아 넣었는지 돌려 드렸는지 기억이 확실하지 않다.

영남표국사 길을 내려와 모퉁이를 돌면서 뒤돌아보니 그때까지 문밖에서 나를 지켜보고 계시던 어머님을 볼 수 있었는데, 그 모습이 이 세상에서 마지막 본 모습이었고 쓰라린 가슴을 부여안고 서울행 야간 열차에 몸을 실은 나의 가슴 안으로 만 가지 생각이 폭풍처럼 휘몰아치고 요동쳐 견뎌내기가 너무 힘들었으나 내가 살 길이라서 간신히 버티었다.

아버지는 붓을 작은 가방에 넣고 다니시며 행상을 하셨는데 몇 개월 동안 연락이 없다시피 하다가 명절을 비롯해서 몇 번 집에 들를 때면 술을 마시고 밤새도록 주벽을 부리는 일이 다반사였다. 평생 동안 아들들의 이름 한 번 다정하게 부르시는 일도 없는 분이셨고 베푸는 듯이 몇 푼의 돈을 던져놓고는 다시 밖으로 출타하는 연속의 생활이었다. 내 어린 시절의 시기는 어렵지 않은 가정이 드물었겠으나 나의 가정이라는 울타리도 큰 집만 덩그러니 보유하고 있었을 뿐 시래기에 한 줌의 쌀을 넣은 희멀건 국밥과 보리밥 고구마 그리고 쌀겨 섞은 밀가루에다 당원을 넣은 떡 등으로 겨우 연명할 정도로 먹고살기가 힘들었다.

중학교 입학을 앞두고 교복과 교과서를 살 만한 여력이 되지 않아 어머님께서 좌불안석하시다가 입학 하루 전에 지인분의 아들인 일명 꼽추라고 하는 장애인이 쓰던 교과서와 헌 교복을 어렵사리 구해 와 밤새 바느질로 수선해 두셨다. 보자기로 싼 교과서를 팔에 낀 채 그 교복을 입고 입학식에 참석했을 때 어린 마음에 부끄러워 남의 이목을 살펴야 했고 어깨는 한없이 움츠러들었으나 그날 어머님의 손길이 깃들어 있던 교복은 가난했던 만큼 짠한 사랑과 아픈 삶이 배어있는 눈물이었을 것이다.

내 나이 열여덟 살이 되던 해 삼촌을 따라 테이블보 행상을 하고 있던 둘째 형이 독립해서 장사를 한다며 독단으로 큰 집을 매도하고 멀지 않은 곳에 작은 평수의 집을 매수하였으나 너무 천진난만하다 못해 괴팍하고 나태함이 몸에 배어 있던 분이라 2년 만에 다시 작은 집까지 매도하고 나서도 나아진 거라곤 아무것도 없었다. 그 후 전세로 전전하면서 내가 군에 입대하기 전까지 3년이 될까 말까 하는 기간에 무릇 일곱 번이나 이사를 다녀야 했고, 첫 휴가를 나왔을 때 어머님 홀로 제각이라는 곳에서 생활하고 계셨다. 그런 연유로 봉급이라는 돈의 개념을 알지 못했을 어머님께 내가 경찰인으로 태어나 첫 봉급을 손안에 꼭 쥐여드리고 싶었는데 그 간절한 소망마저 이루지 못했다는 참담함이 또 나를 울렸다.

인천의 부평에서 교육을 받고 있던 두 달쯤 지났을 무렵 텔레파시의 예감이었는지 어머님께서 나를 부르시는 것 같고 며칠간 뒤숭숭한 느낌을 버리지 못하였는데 한 장의 전보가 날아왔다.
날아온 전보라면? 가슴이 뛰고 정신이 아득하였다.
청천벽력이 그런 것이었을까?
설마설마하였는데 끝내 이런 일이 다가오고 말다니!
전보 속의 글자를 믿고 싶지 않았다. 절대 있어서는 안 될 일이었기에
…
믿을 수 없는 현실 앞에서 고향으로 가는 호남선 열차에서 밤하늘을 붙잡고 오열하고 또 오열하였다.
현실을 받아들일 수 없었으나 현실을 받아들이지 않을 수도 없었다. 가엾으신 당신과 백 년을 함께하고 싶었는데 내가 살아온 이날까지의 비통과 불효의 한을 고스란히 남겨 놓은 채 다시는 볼 수 없고 가는 곳조차 알 수 없는 먼 길 가신 어머님께 마지막 자리까지 내 편이 되어주지 않은 운명을 오래도록 저주하였다.

나를 남겨놓고 영원히 눈을 감으신 어머님!

평생의 불행한 삶과 마지막까지 수반되던 병마의 고통 속에서 눈인들 쉽게 감을 수 있었습니까? 고향 땅 멀리 마지막 터 잡은 믿을 곳 하나 없는 눅눅한 단칸방에서 기력이 소진한 상태로 무슨 생각을 하셨는지 그럴 형편도 되지 않았지만 공휴일에 한 번 다녀가지 못한 일조차 천추의 한이 됩니다. 당신께서 죽고 나서 가슴을 열면 속이 시커멓게 타 있을 것이라고 종종 말씀하셨다지요.

　모자지간의 사랑이 어느 누군들 가볍다 할 수 있겠습니까만, 가난하다 못해 참담하고 비참한 한은 쌓이고 쌓여 글을 알면 글이라도 남겨 할 말 대신하고 싶어 하셨는데 가슴 속에 두었던 말들을 그대로 묻고 먼 길 가시는 한은 오죽하였겠습니까!

　당신께서 비통과 한을 남긴 채 눈을 감으셨으나 찢기고 멍든 이 아들은 어찌하라고 그리 가실 수 있더란 말입니까!

　당신께서 수술 후 제대로 조리도 못 하신 것은 물론이고 간병할 사람 하나 없이 방치되다시피 하다가 통증으로 인해 처음 한 알 두 알 진통제를 드시다가 나중에는 한 움큼씩 먹어도 효과가 없자 방 안에 연탄불을 피워 달라며 소리치고 우셨다는 말을 한집의 위채 아주머니로부터 전해 들었습니다. 이 아들도 어쩌다가 급체로 인해 복부 통증이 있을 때는 식은 땀과 함께 숨이 막힐 정도의 고통을 느낄 때가 있었는데, 적지 않은 연세로 수술 후유증에 시달리며 소리쳐도 주위에 아무도 없는 고독과 육체의 통증은 얼마나 고통스러웠고 아팠을까요?

　젊어서 중한 병이 들었을 때 식육견고기를 고아 드시고 병이 낫은 경험이 있어 실오라기 한 올 잡는 심정으로 다시 식육견고기 한번 드시고 싶어 하셨다는데 그조차 소원 풀이 못 하셨다지요.

그 작은 자리에 염원이었을 삶의 터를 끝내 이루지 못하고 먼 길 떠나신 어머님!

전생에 무슨 죄가 얼마나 컸기에 능력 없는 지아비 만나 마음고생 가난 고생 갖은 고초 감내하며 연명하시더니 마지막 가시는 길 끝내 그리도 비참할 수밖에 없었더이까!

아ー 아! 하늘이여! 비바람 치고 바다여! 태산 같은 풍랑 일어 이 가슴에 맺힌 피눈물 그대로 응고되게 하여 다시는 이와 같은 불행하고 슬픈 일 있게 하지 말지니....

윗글은 내 어머님의 이야기이고 저자의 이야기이기도 하다. 시대를 초월해서 세상에는 아프고 고통받는 사람들이 적지 않겠으나, 내 어머님의 애가 많던 육십사 세 동안의 생애 중에서도 말년은 참으로 비참하기만 했다. 인생이 무엇인지 행복과 불행이 어디에서 오는 것인지 많은 생각을 해보았다. 변화하는 시대의 흐름을 소급해 따질 수 없다 해도 암울한 시대가 불행의 시초였다면 그 근원을 추론해볼 때 초자연적인 기류의 현상과 인간의 오만과 심성이 낳은 집합체의 산물일지도 모른다는 운명론에 다다를 때는 정체성의 혼란과 가볍지 않은 무게감이 뇌리 깊이 파고들었다.

　내 아버지는 나라를 빼앗긴 영토의 한사람으로 태어나 소량의 붓을 가방에 담고 전국 산지 사찰 등을 돌며 행상을 하시면서 일본 순사와 해방된 조국의 경찰들에게 수상한 사람으로 내몰려 무수히 얻어맞고는 정신적으로 문제가 생겼다는 말을 전해 들은 적이 있다. 진위 여부는 알 수 없으나 내가 어릴 때 목격한 사실도 아버지가 술을 드시고 난 다음에는 꼭 경찰서를 찾아가 정문 근거리에서 소리소리 친 것을 보면 개연성은 충분히 있다고 본다. 내 아버지를 비롯해서 나라 잃은 온 백성의 수난이 적지 않았음은 부정할 수 없는 일이다. 불행한 분이시기도 했으나 가장이라는 본분을 모르는 것 같았던 아버지가 가족에게 어떤 영향을 끼쳤고 소속된 그들이 어떻게 나락으로 떨어졌는지 당신께서는 끝내 알지 못했을 것이라고 추론한다.

　부모님의 시대가 암흑기였다면 저자가 태어나 성장하는 시기에는 먹고 살 길이 어려웠다. 가난이라는 굴레는 가정이라는 울타리 안에서도 화합이 쉽지 않았고 아버지와 형들에게서 받은 저자의 심적 고통이 적지 않았던 탓인지 화를 곧잘 내곤 하였다. 나중에 기력을 잃고 계시던 어머님이 표적이 되곤 했는데 수십 년이 지난 지금까지 산소를 찾을 때마다 후회와 애통함으로 인해 가슴이 아리다.

직접 겪기 전까지는 아픔을 알기 어렵고 일희일비의 순환은 생명 있는 것들의 피할 수 없는 숙명이라고 하나, 불행하게 사시다가 유명을 달리하신 내 어머님의 생전 모습을 처음부터 쭉 지켜보면서 사면초가의 처지가 어떤 것인지 골 수 깊숙이 새겨 보았다.

평생 애가 많던 삶과 불행한 말년에는 설상가상으로 병마와 수술 후유증의 고통 속에서 유명을 달리하신 당신께서 외로워하실까 봐 생전 안타까운 모습이 아른거려 수천 번 산소를 찾고 또 찾아보아도 슬픈 모습을 꿈에서 가끔씩 뵙는 외는 아무 말씀이 없으시다. 세월이 가면 잊는다지만 새겨진 한이 너무 큰 탓인지 내 평생 많이도 울었으나 가슴의 멍은 언제까지도 엷어지지 않을 것 같다.

살아오는 동안 술자리가 적지 않았다. 대신 오랫동안 운동을 한다고 해왔으나 타고난 명은 어쩔 수 없는 일이라서 내가 세상에서 없어지는 날에는 내 어머님의 슬픈 사연과 흔적도 함께 사라진다는 사실이 천 근의 무게로 다가온다. 이 글이 내 어머님께 작은 위안이라도 되었으면 하는 마음 간절하다.

꽃말에는 저마다
사연이 있다

저　　　자 박홍구

저작권자 박홍구

1판 1쇄 발행 2020년 6월 22일

발 행 처 하움출판사
발 행 인 문현광
교　　　정 신선미
편　　　집 조다영
주　　　소 전라북도 군산시 축동안3길 20, 2층(수송동)
I S B N 979-11-6440-154-3

홈페이지 http://haum.kr/
이 메 일 haum1000@naver.com

좋은 책을 만들겠습니다.
하움출판사는 독자 여러분의 의견에 항상 귀 기울이고 있습니다.

이 도서의 국립중앙도서관 출판예정도서목록(CIP)은 서지정보유통지원시스템 홈페이지(http://seoji.nl.go.kr)와
국가자료종합목록 구축시스템(http://kolis-net.nl.go.kr)에서 이용하실 수 있습니다.(CIP제어번호 : CIP2020022429)